아　　　　　은 날

신연림 · 글 · 그림

비로소 내가 되는 날

사과
꽃

아무 것도 하기 싫은 날

신현림 · 글 · 그림

서문

우리는 죽을 때까지 자신을 가꾸고, 바꿔 가야 하는 운명에 놓였어요. 하지만 바꾸기 귀찮아 주저앉고 싶을 때가 많아요. 뭔가 바꾸고 달라지기 위해 쉬려고 필요한 책이 이 책이에요. 당신을 응원하고, 허그해주는 에세이죠. 지구의 역사에서 가장 큰 혁명적인 때를 맞이 했다죠. 인공지능시대. 지능적이지 못한 저 같은 사람들을 위해 특별판으로 이 책을 준비했어요. 삽화도 51 컷 더 그렸어요. 총 75컷과 특별판 글로 따스하길 빕니다.

위기에 강해지고, 나를 바꿔가려는
무게감에 눌리지 말아요.
실컷 뒹굴고, 놀고, 쉬어가요.
그러면서 우리는 내일을 준비해요.
내일을 준비하기 싫으면 싫은대로
누룽지같이 퍼져서 단단해지는 거예요.
단단해지기 싫으면 싫은대로
이 책을 덮으세요.
책은 이불처럼 늘어날테니

2020년 서촌 사는 의왕작가 **신현림**

차례

6부 결국 사랑받기 위해서라

7부 다시 시작할 시간은 남아 있어요

두려워하고
지겨워하고
차마 말 할 수 없는 것
그것이 나다

피터 한트게

한 참 쉬고 나면
강해지고,
사랑스러워질
당신이 좋다

무엇이든
잘 해낼 당신이다

신현림

1부

왜 아무것도 하기 싫을까

당신은 바다사자처럼 누워 계셔요

당신은 바다사자처럼 누워 계셔요
겉보기엔 멀쩡해보여도 가눌 수 없이 외롭고,
연탄처럼 속이 까매진 당신이 보이네요.
홀로 슬픈 당신은 바다사자처럼 누워 계세요.
세수도 안 하고 속살이 훤히 보이는 속옷을 입고
뒤척일 때 지친 하마같이도 보여요.
그래도 귀여우세요.
애써 꾸미지 않아도 당신은 아름다워요.

나는 왜 이럴까

더 이상 살아도 즐거운 일이 없을 것 같아요.
이 몸 건드리면 금세 허물어질지 몰라요.
그나마 남은 것도 다 잃을지 몰라요.
모든 노력이 물거품이 되는 기분이에요.
지쳤어요.
다 그만두고 싶어요.
수입도 들쭉날쭉이고 입안은 다 헐고
오늘따라 더 늙어보이고 쓸쓸해요
나는 왜 이럴까.
버림받았다는 절망적인 생각들로 가득 찹니다.
모든 은총이 나를 비껴가는 것만 같아요.
나는 강물처럼 몹시 뒤척였어요.

다행히 나를 덮은 이불은 젖지 않았어요.

다만 음악이 몸을 어루만지고 흘러가길 바랐죠.

내게 참 착한 유투브를 틀었어요.

마침 나오는 노래는 폴 사이먼의 노래였어요.

The boy in the bubble

우리가 영원히 축복받을 수는 없어요.

내일은 또 일을 해야 하니.

조금이라도 쉬려고 애를 쓰고 있죠.

이게 제가 애쓰는 전부예요.

좀 쉬는 것 말예요!

가사가 마음에 들어요.

언제나 축복받으려 해서 힘든 걸까요.

인생은 늘 좋은 일만 있지 않지만

지금 쉬고 싶은 마음이 간절해요.

어느 수험생의 비명

어떤 날은 아무 것도 하기 싫은 거야.

독서실도 가기 싫고,

계속 집에 있으면 새벽 한두 시에 잠잔 후

BTS 영상 찾아 보면 시간이 가고

죄책감도 들지만, 하루에 뭐라도 하는 것 같아.

내가 멍청하다고 생각지 않다고 느껴져.

아무 것도 하기 싫은데.

아무 것도 하기 싫어진 내가

다시 한심하고, 죄책감이 생기는 거야.

아무 것도 하지 않는 동안

다른 애들은 공부 많이 할텐데, 걱정하지.

대학과 성공이 짐이 돼.

나는 쓰러져 바짝 마른 오징어같아.

왜 아무 것도 하기 싫을까

내 옆에는 아무도 없어요. 베개만 끌어안은 몸은 잔뜩 쌓인 세금고지서처럼 무거워요. 머릿속은 멍하고, 아무 생각도 나지 않아요.

"아, 일어나기 싫어."

"아무것도 하기 싫다."

아무리 SNS가 편히 만날 수 있대도, 눈으로 못보면 귀로도 느낄 수 있는 목소리가 그리웠어요. 사람 목소리가 그리워 전화라도 걸고 싶었어요. 후배랑 통화를 했어요.

다행히 나처럼 아무것도 하기 싫다는군요.

"왜 너는 아무것도 하기 싫으니?"

"할 수 있는 일이 없으니까요. 어디서도 불러주지 않잖아요. 내가 할 일이 없는 건 내 잘못이라고 말하는 어른들이 있다면 주먹으로 날려주고 싶어요."

울먹울먹한 후배에게 아무 말도 못했어요. 나도 크게 다르지 않으니까요.

"아무것도 하기 싫은 날엔 그냥 아무것도 하지 마렴."

말은 그렇게 했지만, 그래도 할 일을 찾아보기로 했어요. 후배와 나.

그 누군가를 위해.

아무 데도 갈 수 없어요

아무 데도 갈 수 없어요. 아무 일도 하기 싫어요.

잠시 밖에 다녀왔는데도 목이 아프고,

눈이 따갑고, 얼굴까지 따가와요.

세수를 다시 하고, 침대에 누웠어요.

중국먼지는 독가스인데, 아니라고 하는 분은 뭐예요.

미세먼지와 주머니가 비어

'우울해'라고 끝날 게 아니에요.

왜 이렇게 됐지? 어떻게 해야 되지?

묻고 물으며 계속 공부할래요.

공부 안하면 제대로 살아남지 못해요.

주머니가 헐렁하면 기싱의 고백을

주머니가 비어 어두운 나날이면 <기싱의 고백>의 한 대목이 내 사연같아 반갑지 뭐예요.

"사람들은 흔히 돈으로도 가장 귀한 것들은 살 수 없다고 말한다. 이 상식적인 말은 그들이 돈이 부족하여 고생한 적이 없다는 것을 증명해 줄 뿐이다. 내가 생계비로 몇 파운드 부족해 겪던 그 모든 슬픔과 메마름을 회고해 볼 때, 나는 늘 돈의 위력 앞에서 새파랗게 질리지 않을 수 없다. 그동안 나는 얼마나 많은 흐뭇한 즐거움을, 모든 사람들이 꿈꾸던 소박한 행복을 가난 때문에 상실했던가!"

기싱의 고백처럼 저도 경제가 어려워 상실한 기쁨을 세어봤어요. 늘 집을 사려면 1,2억이 부족했고, 몇 만원이 부족해 못 산 물건과 식량이 너무 많아요. 이런 솔직함이 초라하고 창피하게 느껴졌지만, 괜찮아요. 그래도 항상 솔직할 때라야 사람과 세상에 진정 스밀 수 있겠죠. 어떤 위험도 깨부수고 나갈 수 있겠죠.

스마트한 수달이 부러워

집에 수달 그림이 있는 엽서 하나가 책장 아래 뒹굴고 있었어요.

일어나기 싫어 팔을 최대한 길게 뻗쳐보았죠.

간신히 엽서 끝을 잡았어요.

다시 놓쳤어요.

움찔거리기 싫은 몸을 움직이려면 꼭 몸이 내 것 같지 않아요.

커다란 짐을 옮기는 듯이 말을 안 들어요.

그나마 다행이에요.

엽서를 잡은 게 어렵게 수달을 잡은 것처럼 흥겨웠어요.

이불 개듯 무릎을 오므린 채 누워 엽서를 펼쳐보았어요.

수달 두 마리가 그레이스한 자태로 누워 어딘가를 바라보고 있었어요.

그레이스함은 스마트하지 않으면 배어나올 수가 없지요.

사람도 스마트할 때 그레이스해 보이거든요.

큰 글씨로 '기쁨 joyfulness'이라고 쓰여 있고,

그 위에 있는 글귀가 눈에 들어왔어요.

「불쾌한 상황에 부딪혀도 좋은 태도를 유지하는 것.」

이것이 무얼 뜻하나 생각했어요.
기쁨이라는 건 두렵고 불쾌하더라도 좋게 생각한다는 뜻이겠죠. 뒷면에는 수달에 대한 이야기가 있었어요.

「갓 태어난 수달은 물을 두려워한다. 그래서 어미가 어린 수달을 개울가나 호수로 데리고 가 물을 조금씩 뿌려준 다음 물 속으로 데리고 들어가 점차 물에 적응시킨다. 그렇게 하면 어린 수달은 두려웠던 경험이 기쁨과 좋은 것이 됨을 알게 된다.」
이렇게 수달이 기뻐하니 강물은 더없이 매끄럽고 아름다웠어요. 그런데 이게 웬일이에요?
아기 수달과 엄마 수달이 말하는 소리가 들렸어요.
숨을 죽이고 귀를 기울였어요.

"엄마랑 있으면 뭐가 달라도 달라요."
"뭐가 다른데?"
"강물 색은 더 푸르고, 해는 더 빨갛고, 엄마도 더 반짝여서 특별한 수달로 보여요. 엄마랑 있어 편안해선지 나도 멋져보여요."
"그래, 사람이 아닌 수달인 게 얼마나 다행인지 몰라."

엄마 수달은 아기 수달을 끌어안고 무척 행복했어요.
나는 잠시 스마트한 수달이 부러웠어요.
인터넷, 스마트폰도 없이
간단한 인생을 사니 참 편하겠죠.

스티로폼 세상

엄마 수달과 아기 수달의 목소리가 다시 들렸어요.
아기 수달이 말했어요.

"엄마, 사람은 어때?"
"죄다 스티로폼 같지."
"스티로폼?"
"며칠 전 흰색 판자 같은 게 강물에 둥둥 떠다녔잖니?"
"아, 바람만 불면 쉽게 날아가고 물에도 젖지 않는 그거?"
"응. 접착제처럼 누가 붙잡아주지 않으면 어디에도 들러붙지 않는 게 사람들이란 뜻이야. 사랑하는 사람들이 곁에 있어도, 따사로운 햇살이 들어도, 시원한 바람이 불어도 행복할 줄 모르지. 가끔 누워서 멍하니 있는 기쁨도 몰라."

바람이 불던 어제 낡은 빌라 시멘트벽이 너덜대더니 그 안에 붙인 난방용 스티로폼이 하나 둘 너울너울 떨어졌죠. 우르르 떨어져 놀래서 바라본 게 생각났어요.

엄마 수달은 아기 수달에게 인생의 주인으로 사는 법을 가르쳐주었어요. 그 어떤 스크린에서도 인생의 주인으로 사는 법을 가르쳐주진 않죠. 물론 유투브에서 맛배기 글들은 볼 수 있어요. 간절히 찾아야 찾아지죠.

사람들은 인공지능을 두려워해요. 그래도

알아야 사니까 공부하여 미래를 준비하겠대요.

수달들도 인공지능시대에

어찌 살아남을지 고민이 많대요

소나기라도 쏟아졌으면 좋겠어요.

스마트폰 귀신

나는 엄마 수달 얘기를 더 가까이 듣기 시작했어요.

"사람들은 전부 스마트폰 귀신이 달라붙었어. 빨간 해도, 은빛 달도 찬찬히 보고 기뻐할 새도 없단다. 그 기계만 붙잡고 산단다. 그 귀신이 씌이면 어영부영 시간이 잘 가거든. 그저 습관이 되어, 멀리 둘 줄 몰라. 세상이 무섭게 바뀌는데 무엇부터 해야할지 모르고"
물 속으로 뽀르르르 달리다가 고개를 내민 아기 수달은 엄마 수달한테 물었어요.

"엄마는 그걸 어떻게 알게 됐어?"
"이 강가에 신현림이라는 작가 뭔가가 친구랑 하는 얘길 귀담아 들었지."
"그 작가 뭔가도 귀신 들렸나요?"
"아직 안 들렸어. 다만 세금 많이 오르고, 경제 나빠져 친구들이 결혼을 안 하고 애도 안 낳아 걱정하더라고. 시인이랍시고 예지력은 있더라고."

나는 깜짝 놀랐어요. 엄마 수달의 입심과 빠른 상황 판단력이 무서워졌어요. 아기 수달은 이 세상이 어떻게 될까 궁금하여 엄마 수달에게 또 물었어요.

"반대 의견도 들으며, 깨어 살지 않으면 얄팍해져,
스티로폼이 되지. 두툼해져 벽돌같이 단단한 사람도 있겠지"
"스티로폼처럼 가벼워지면 어떻게 되는 거야?
벽돌같이 두터워지면 어떻게 되나요"
"별도 못된 채 먼지 부스러기나 되는 거지, 뭐."
"그럼 우린 별이 되나?"
엄마 수달은 별이나 먼지나 별 차이가 없는지도 모른다고 말했어요. 몰라서 알려고 사는 건지 모른다고 고개를 끄덕였어요. 사람은 먼지 부스러기나 되려 태어났나 하는 자괴감과 수치심에 몹시 슬퍼졌어요. 스마트폰을 가졌다고 해서 스마트해지지 않지만, 스마트한 수달만큼도 못 사는 듯해

살짝 화가 났어요.

넘치는 정보량에 지적 수준이 높아지고 지혜로워진 듯이 착각하지만, 우리는 스크린처럼 점점 얄팍해지는지 몰라요. 소처럼 되새김질할 시간도 없잖아요.

2부

강한 척 하지 말고 울어봐요

멀쩡해 보여도 나름 사연이 있어

친구가 실업자가 되었어요. 친구는 실업자란 말은 실업가로 종종 혼동이
되기도 해서 마음만은 실업가로 생각하며 견딘대요.

'빡센 노동이지만, 이 불황 중에 비정규직이라도 어디야.' 나도 이렇게 되뇌
며 힘을 냅니다. 열어 젖혔어요. 돌고래처럼 매끈한 몸을 어루만졌어요. 자
연스러운 바람결 따라 논스톱으로 흘러가고 싶어요.

쉴 때는 잉여인간이라 자학하지 마세요.

겉보기엔 멀쩡해도 나름 사연이 있어요.

당신은 잠시 쉬고 있는 거예요.

걱정하지 마세요.

쉬고 난 후에는 훨씬 강해질 테니.

The hole

인생은 추워서 어디로 흘러가든
감기약만 한 구멍 만드는 일이 중요해

세상에 내민 열한 장의 이력서가
아무 구멍이 되지 못한 날
낡은 옷장에 서랍 하나 부서지고
낡은 통장에 남은 돈이 텅 빈 날에
함께 가는 길이 바다야
도시까지 밀려든 바다를 끼고 좌회전하니
해장국처럼 뜨거운 노을이 지고 있어

먼 길 지루한 길
무모한 길 자꾸 헛바퀴 도는 길목에서
모든 시름 녹아들게

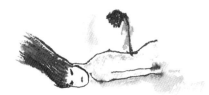

네 몸에 구멍을 만들고 싶어
뜨거운 달덩이가 뜨도록구
멍에 머릴 파묻고 울고 싶어
갈 길이 막히고, 어디로 갈 수도 없이 막막할 때,

어디를 가든 낭떠러지가 보일 때 쓴 시예요.
4시집 <침대를 타고 달렸어>. 아무 것도 하기 싫고,
꼼짝도 하기 싫은 때. 나의 어머니가 돌아가신 후였죠.
그저 나를 실은 침대가 도시를 마구마구 돌아다니길 바랬어요. 아무도 없
었고, 그저 막연하게 누군가 나를 안아주는 사람이 있으면 좋겠다고 생각
했어요.
그리움에 사무친 때

빨래집게 같은 사람

한없이 나약해진 몸과 마음을 이끌고 침대에 누웠어요.

하루하루가 실수와 후회와 실망과 자책으로 가득해요.

매일 사람들은 빨래집게처럼 떨어져 아주 간단히 죽어요.

새빨간 빨래집게가 떨어진 것 뿐인데 하며 쉽게 지나치지요.

사람은 적어도 빨래집게는 아니잖아요.

죽었다는 뉴스를 들을 때만 아파하고

사람들은 금세 잊어요.

불행 뉴스도 금세 사라져

무척 행복한 세상 같아요.

살다보면 뜻깊은 인생이 오겠죠.

수많은 고독감을 이기면요.

뜻깊은 인생은 세속적인 성공이 아니에요.

서로 사랑하고 사랑받고, 보살피고

보살핌을 받으며 인생은 뜻깊어지니까요.

죽 늘어선 빨래와 빨간 빨래집게가
바람에 나부낄 때 더 따스해 보이듯이요.
서로에게 이렇게 말하면 어떨까요.

"힘들면 얘기하세요. 들어줄게요."

길가의 크라잉 룸

눈물도 흘릴 테면 흘려보세요.

그동안 받은 스트레스와 외로움이 눈물에 섞여 나올 테니.

혼자서는 불안하고 무서울 때가 있어요.

바쁘지 않으면 쓸모없다 여길까 더 바쁜 건 아닌지요.

그날따라 흐리고 날이 저무는 다섯 시 반이었어요.

출구를 나오자마자 휠체어를 탄 노점상아저씨가 보였어요.

양말 파는 노점상아저씨는 책을 보고 있었고요.

그 모습을 보자 눈물이 핑그르르 돌더니 그만 쏟아져버렸어요.

우리는 비장애인이면서도 책을 안 읽어요. 이 가혹한 세상

에서 책으로 자신을 가다듬고, 희망을 찾는 그가 아름답기도 했지만,

이 가혹한 세상에서 눈물 흘리는 이유를 물어줄 사람이 아무도 없었어요.

그런 사실이 서글펐어요.

이 가혹한 세상에 그나마 눈물이 나고, 아무 데서라도 울면 다행이죠.

길에서 우는 사람, 방에서 우는 사람, 화장실에서 우는 사람,
애인 품에서 우는 사람, 강아지 품, 고양이 품을 찾아 우는 사람.

저마다 크라잉 룸이 있어요.
멀리 갈 필요도 없이
길에서 울 수 있어 다행이라 여겼어요.
크라잉 떡, 크라잉 베이커리.
내 떡, 내 빵도 울고 있어요.

강한 척 말고 울어 봐요

사느라 바쁘면 돌아다닐 시간이 없습니다. 주변 연애쟁이들은 필사적으로 자신을 잘 가꾸고 노력하네요. 한 집에만 있으면서 뭔가 일어나길 바라는 건 아니겠죠.

필사적으로 노력하는 대로,

지혜롭게 행동하는 대로 사업운과 연애운이 트이겠죠.

느긋한 마음이 중요해요. 조바심 내면 반드시 실수하니까요. 맘에 드는 사람이 있다면 느긋하게 다가가야 자신의 장점을 맘껏 보여줄 수 있어요.

환경을 바꾸려면 원인을 바꿔야죠.

술이란 술은 억수로 마시려 드는 게

울고 싶어서가 아닐까 하고요.

여자도 마찬가집니다. 내가 로맨스 영화나

순정만화를 즐겨보는 것도 울고 싶어서,

맑은 눈물이 그리워서란 생각이 들어요.

「외롭다고 울 수 없는 만큼 남자들은 괴로운 건지도 몰라.」

내가 본 만화의 한 대목이에요.
막상 울고 싶을 땐 눈물도 나오지 않죠.
손수건은 준비되었답니다.
제발 강한 척 말고 울어주세요.

3부

내 인생이 멋진 건 당신 때문이야

누군가 몹시 그리운 날

당신은 침대에서 일어나

SNS를 열어보는 일로 하루를 시작합니다. 그나마

몇 개의 좋아요, 인사가 당신을 환영하는군요.

책상에 앉아 멜을 열어봅니다

언제부턴가 읽지 않고 버리는 소식이 많아졌어요.

그나마 왠지 미안한 마음에 열어본 글 하나가 가슴에 꽂혔어요.

「낭비된 인생이란 없어요. 낭비한 시간이란 외롭다고 생각하며 보내는

시간 뿐이죠.」

날카로운 펜촉이 가슴을 긋고 갔어요.

가슴을 긋는다는 건 감동이며 깨우침이죠.

외롭다 생각하며 허비하는

나약한 시간이 얼마나 많은가요.

쓸쓸함이 산더미처럼 당신을 짓누를 때면 나도 슬펐어요.

저도 당신과 닮았으니까요.

사람이 그리워 전화번호부를 뒤적이다가

경찰서나 소방서에 전화하지는 마세요.

옛사랑의 흔적을 지우지 못하거나

싱글로 늙어가는 자신을 탓하지 마세요. 다만 반성은 해야 할지 몰라요.

이것도 어쩌면 이기적인 일이 되기 일쑤고, 성에 안 찰 수 있어요.

지금은 SNS가 있어 얼마나 다행인지 몰라요.

많은 자살 인구가 조금은 줄지 않았을까요.

진짜 좋은 사람이고 사랑할 줄 아는 사람은 상대의 얘기에 진실로 귀 기울이지요. 들어주는 것만으로도 힘이 되니까요. 그렇게 되려면 평소에 당신이 친구들 얘기를 많이 들어줘야 해요. 세상에는 공짜가 없으니까요.

낭비한 시간이란
외롭다고 생각하며 보내는 시간 뿐이죠.

인간의 사랑은 늘 어딘가 부족해

인간은 사랑 없이 살 수 없어요.

하지만 인간의 사랑은 늘 어딘가 허술해요.

컵처럼 깨지기 쉽고, 맥주 캔처럼 뒤틀어지기 십상이죠.

그 사랑이 큰 희망인 만큼 절망에도 쉽게 빠져요.

수분 70퍼센트로 된 인간이 물이든 주스든 마시지 않으면 안 되듯이요.

나와 당신은 실수해도 괜찮아요.

치사량에 가깝게 술 퍼마시고 배 아파도 괜찮아.

동네에 대학병원 응급실이 있으니까.

스마트하지 않아도 돼.

우리에겐 어디에서나 검색할 스마트폰이 있으니까.

사랑은 친밀함이자 불편함이고

강인함이자 연약함이에요.

안전함이자 불안함이고,

이타적이면서도 이기적이죠.

인간의 부족한 사랑을 채워주는

신이 있기에 사랑은 완벽해질 수 있어요.

그렇다고 믿어요

당신이 있어 더 행복합니다

원시인류가 습습한 동굴 속에서
수렵으로 먹고살 때의 모습을 그려보았어요.
사는 건 다 똑같았을 테니 그 모습을 상상하기란 그리 어렵지 않지요. 빨
간 모닥불이 꺼지고, 같이 얘기하던 가족은 잠들고, 홀로 부스스 잠에서
깨어 모닥불을 다시 피우며 그들은 무얼 했을까요. 벽에 낙서를 했겠죠.

당신이 원시인이라면 무얼 쓰고 그렸을까요?
"사냥한 거 그릴 거야."
"사랑한 거 그릴 거라고?"
"사냥이라니까. 뭔 사랑?"

나는 잠시 음흉한 생각을 했습니다.
음흉한 생각이 들만치 적적했으니까요.
음흉한 생각을 그려 음흉함에서 벗어나
따스해질 수 있으니까요.

그러고보니 사랑도 사냥과 닮았군요.

그때나 지금이나 먹고사는 고민은 같았겠죠.

사람은 대체로 일상생활에서 좋아하거나

중요한 대상을 그림으로도 보고 싶어 하죠.

불상이나 주님과 성모의 초상으로, 미술관 그림으로

누군가 위안과 힘을 얻듯이

원시인들은 들소에게서 에너지를 얻었겠죠.

그래서 동굴 벽에 들소나 사슴을 그렸을 거예요.

아득한 옛날, 미술가의 모습을 상상하기란 어렵지 않아요.

동굴 속 불은 꺼졌어도 내면의 불은 꺼지지 않았어요.

강렬히 원하면 내면의 불은 더 환해지고 오래 갑니다.

행복은 밖에 있지 않고 내 안에 있어요.

당신이 있어 더 행복합니다.

내 인생이 멋진 건 당신 때문이야

아무것도 하기 싫어 마당에 누워
하늘을 보니 생각나는 게 있습니다.
바로 당신입니다.
당신 생각을 하늘에서 벽으로,
별에서 유리잔으로 옮겨갑니다.
유리잔 안에서 당신이 웃고 있어요.
아주 로맨틱하게.
후후~
유리잔 밖 세상에서는 여러 전쟁이 있습니다.
그리고 우리에게는 6.25 전쟁이 있었고, 사상전쟁이 이어지고 있어요.
이걸 막고자 하는 보이지 않는 전쟁까지 전쟁은 끊임없이 일어나요.
제 마음 속도 전쟁 중이에요.
왜냐고요?

당신이 없기 때문이에요.

웃지 마세요. 저는 아주 진지하게 말하는 거예요

우리는 매순간 전쟁을 겪듯 맹렬히 살고 있어요.

유리잔 속 당신과 로맨스를 꿈꾸어요.

그렇게 따사로운 로맨스는

나 자신을 더욱 사랑하게 하니까요.

그 사랑의 에너지가 서로를 더 행복하게 할 테죠.

당신이 내게 이렇게 말해줬음 좋겠어요.

"전쟁 같은 세상에서

내 인생이 멋진 건 당신 때문이야!"

두 배 커지는 "사랑해"

"사랑해"라고 말하면 사랑이 두 배 커지는 건 아시죠?

계속 사랑을 말해야 해요.

어루만지는 스킨십도 잊지 마세요.

연애하듯 서로 배려하는 마음을 잊지 마세요.

각자의 공간과 시간도 꼭 필요해요.

함께 즐길 놀이와 취미도 하나쯤은 꼭 마련해요.

변화와 성장을 함께 해나가요.

다툴 때 아무리 화가 나도

절제와 예의는 잃지 말아요.

사과할 일은 반드시 "미안해"라고 말해요.

애프터 쉐이브 로션처럼 향기롭고

피부까지 부드럽게 만들죠.

상대가 사과하면 아낌없이 용서하세요.

어느 정도 함께 싸우고 아파봐야 사랑이 깊어지죠.

Happy Vallentines

예쁘게 꿈꾸는 꿈이기를

어느 정도
싸우고 아파봐야
사랑이 깊어져

약한 모습을 감추지 말아요.

스스로 강해지고 때론 침묵하며 그 침묵도 즐겨봐요.

눈물로 사랑은 더 단단해질 거예요.

지루하지 않게 깜짝 이벤트를 열어도 봐요.

사랑을 수줍게 감추지만 말고 보여주세요.

귀찮아도 행복해지려면 움직여야겠죠

이렇게 이론적으로 잘 알아도 실제론 서투를 수 밖에 없어요.

사람이란, 원래 실수투성이니까요.

느릿느릿 스킨십

좋겠어요.

상상도 아니고 인형도 아니라서.

따스하게 살아 있는 사람과 스킨십을 할 수 있어서.

그렇게 사랑하는 님과 함께 있으면

땅바닥에 누워도 좋고, 풀밭 위도 좋겠죠.

감출 것도, 가릴 것도 없이 편안해서 더욱 좋지요.

걱정 없는 날이 없고 부족함을 안 느끼는 날이 없지요.

어느 것 하나 결정하거나 결심하는 것도 쉽지 않았는데.

사랑하는 이 곁에 누우면 스르르 잊혀지겠죠.

사랑하는 이가 있다고 상상이라도 해보세요.

음악을 틀고, 따스한 이와 함께 있다고 생각하면

조금 이 시간이 푸근해질 수 있어요.

비와 구름이 얇은 커튼 사이로

한 줄기 붓 터치처럼 길게 흘러갈 거예요.

내일 당신은 다시 거뜬히 시작할 수 있어요.

몽상 드라이브

당신도 눈치 없이 혼자 들떠 있을 때가 있네요. 멋대로 상상하며 실없이 웃다가 허탈해져 눈물 찔끔 흘리죠. 괜찮아요. 나도 당신처럼 바보 같을 때가 있었어요. 좋아하는 사람을 상상만 해도 가슴이 떨리죠. 그대로 논 스톱으로 꿈꿔보세요. 좋아하는 사람이 없으면 커다란 인형이라도 상상해보세요. 눈을 감고 천천히 넘어지는 척하면서 끌어안아도 보고, 슬며시 냄새도 맡아보세요. 무슨 냄새가 나는지.

남자들은 여자를 끌어안으면서 머리 향기를 맡는대요.

그렇다고 샴푸를 펑펑 쓰진 말구요.

환경에 해가 없을 제품을 사용했음 해요.

식물성 계면 활성유를 택해야지요

남자는 무공해 여인을 원하거든요.

그가 혹은 그녀가 사랑의 밀어를 속삭이며

당신의 귀와 복숭아빛 볼에 입김을 불어넣고 있어요.

천천히 당신 몸에 자기 몸을 기대오면서 입맞춤하려는군요.

키스를 하다 당신은 빨간 난로처럼 달아올랐어요.

구슬땀까지 흘리는군요.

어머, 어떡해요.

너무 야해서 나는 눈을 감아야겠어요.

아, 두 사람은 커튼 치는 것도 잊은 채 꼭 끌어안았죠.

빙수가 녹아내릴 때처럼 열렬하게.

더 이상 표현할 수 없어요.

기운 없다면서 웬 상상을 길게 하세요.

상황은 변한 게 없어도

살짝 좋은 방향으로 흘러갑니다.

상상만으로도 살짝 기분이 좋아질 걸요.

상상하는 동안 당신은 로맨틱한 사람이 되어 가죠.

4부

우울을 재는 온도계

당신 방은 스위트룸입니다

지금부터 오로지 당신 자신을 위한 시간이에요.

혼자 있어도 외롭지 않은 시간이지요.

숨 돌릴 틈도 없이 일에 치이다 모처럼 갖는 시간.

당신 방을 특급호텔 스위트룸이라 생각하세요.

침대 위에는 수건과 이불, 목도리 인형이 엉켜 뒹굴고 있어요.

방바닥에는 코 푼 휴지와 머리카락과 먼지가

햇빛과 뒤섞여 막 게임 끝난 축구장을 방불케 하는군요.

그렇게 방이 어질러져 있어도 치우지 마세요.

깨끗하다고 여기면 깨끗한 거니까요.

마음이 가는 대로 그냥 가만히 계셔 보세요.

자신의 방을 호텔로 상상하세요.

우울을 재는 온도계

인생이 우울한 건 너무나 당연해요.

매일 작더라도 어느 때든 상처를 받지요.

우울해지면 얼굴에 주근깨도 진해집니다.

미간의 주름도 깊어지고, 잠도 오지 않아요.

뒤척이다 자줏빛 와인을 마시러 주방으로 갑니다.

물은 물컵에, 와인은 와인잔에 마셔야 기품이 있죠.

우울한 와중에도 기품을 따지지 않을 수 없어요.

인생은 한 번뿐이니까요.

지금 생은 일회용이란 사실이

더 잠 못 들게 하는 밤이에요.

우울한 이유가 뭔지 명확히 알아야 해요.

모든 병의 원인을 알면 답이 보이거든요.

우울증은 몸과 마음, 영혼이 다 아픈 거래요.

우울증은 세 가지 부정적인 감정에서 비롯된대요.

1. 아무도 나를 인정해주지 않는 듯한 고독감.

2. 아무것도 하기 싫고, 아무것도 할 수 없다는 패배감.

3. 희망이 없는 절망감.

원인과 동기는 다양하지만, 중요한 건

치료할 대상이 육체가 아닌 마음이라는 거예요.

자신에게 힘을 주는 메시지를 배워야 해요.

우울증하고 한판 붙어봅시다.

씩씩하게.

당신은 충분히 이길 수 있어요.

신현림 그림에세이
아무것도 하기 싫은 날

자살전 증후군

죽고 싶다는 생각이 깊어지고 있어요. 두루 비슷한 자살전 증후군으로

1. 고독감 – 다들 자신을 인정하지 않는다 걸림돌 취급을 받고 있어요.

2. 아무 것도 하고 싶지 않고, 아무 것도 할 수 없다고 부정적으로만
   생각하는 패배감

3. 미래에 대한 희망이 없는 절망감

이 세 가지 네거티브한 감정이래요. 마침내 우울증이군요.

이유는 여러 가지래요. 따돌림이나 부모와의 불화, 소외감, 외로움 등

치료할 대상은 육체가 아닌 마음입니다. 손을 놓으면 다 끝나고 말아.

약해지지 마. 용기를 내. 앞으로 나는 잘 해나갈 수 있을까.

상황이 어떻더라도 그저 해 볼수밖에 없어. 오늘 일은 괜찮아.

바람 불면 부는 대로 없으면 없는 대로 여유롭게 살겠단 생각으로

귀를 기울였어요. 음악이 따로 없군요.

감정 테스트

처녀시절에 애를 낳고 싶다고 하면 아는 분이 이렇게 조롱했어요.

"애한테 일 시켜먹으려고요?"
"시키는 게 아니라 부려먹어야죠."

맞대응도 바로 안 하면 돌아서서 두 시간은 속상합니다.
딸아이를 부려먹거나 일 시켜먹으려 낳은 건 아닙니다.
일하는 법을 가르치긴 합니다. 엄마가 없을 때 혼자 있게 되면 뭐라도 해야 할 테니까요. 우선 설거지와 청소하는 법을 가르쳤어요. 현관문 잠그는 법, 리모컨 조작법도 알려줬는데 중요한 한 가지를 가르쳐주지 못했어요. 감정을 조절하는 법 말이에요. 누구나 마찬가지일 거예요. 임신 테스트 용지처럼 감정 테스트 용지가 있으면 좋겠어요. 다양한 감정테스트로 위험 수치를 알고, 마음의 평정을 찾는 거지요.

가면을 써보세요

당신 집에는 가면이 있나요?

없으면 같이 인사동으로 갈까요.

주욱 늘어선 상점 중에 전통가면을 파는 곳이 있어요.

그곳에 들어가 가면을 한번 써보세요.

매끄럽고 하얀 가면 얼굴.

뻥 뚫린 구멍 속에서 당신 눈이 빛나네요.

가면 쓴 당신은 거울을 보고 묻지요.

"나는 누구지?"

"누구긴 누구야. 사람이지."

거울 속 내가 하는 말에 피식 웃습니다.

'내가 누군가?'는 가끔 해볼 만한 질문이에요.

가면을 쓰면 자꾸 묻게 돼요.

'내가 왜 이러고 있지?'

'나 지금 뭐하고 있는 거지?'

'난 행복한가?'

당신의 문제를 솔직하고 투명하게

솔직하고 투명하지 않으면 우리는 매번 방어적으로 살게 됩니다.

방어적으로 살면 외로워지죠.

외로워지면 열등감에 빠지기 쉬워요.

당신의 고민은 무엇인가요?

할 일이 너무 많고 뭐부터 할지 모를 때가 얼마나 많나요?

가슴을 답답하게 몰아가는 자신의 고민을 정확히 알아야 해요.

윈스턴 처칠은 "고민할 틈이 어딨냐"고 했어요. 전쟁 때니 그렇게 말하는 게 당연했겠죠. 하지만 우리는 처칠이 아니잖아요. 저는 인정해요. 내가 부족하다는 걸요.

진짜 고민거리가 무언가요? 최대한 마음을 가라앉혀보세요. 침착함이 몸에 배게 연습해볼까요. 문득 서른 살 때가 기억나요. 그 시절 최대 고민은 경제적인 기반 마련이었어요. 할 줄 아는 것은 시 쓰는 것뿐이니 전력투구할 밖에 없었지요. 전력투구하는 자들에게는 언젠가 꼭 신의 응답이 있다고 봐요. 나처럼 솔로이며 곧 마흔인 여자 후배 무령 씨에게 물어봤어요.

"자기의 최고 고민은 뭐야?"
"언제까지 혼자여야 하는지가 고민이에요."

모든 솔로의 최대 고민이겠죠. 지금은 늙어서 고독사 하면 어떡하지.
이 고민이 더 크지 않나요.
이걸 깨달으니 두려움이 조금씩 손안에 잡혔어요.
손에 잡히니 다음 단계로 생각이 옮겨 갔어요.
'이 고민을 어떻게 하지?'
그 다음은 냉정하게 현실을 파악하고 어떤 결단과 각오를 하고
그에 맞는 액션을 취해야만 한다고 생각했어요.
뭐든 시작해야죠,
액션!

탐닉

사랑하는 이를 잃어 아무것도 하고 싶지 않을 때, 이별 후의 우울하고 슬픈 나날이 지나면 음식의 탐닉과 섹스의 탐닉은 일반적이죠. 하지만 그걸 누리는 사람보다 못 누리며 사는 이들이 참 많아. 영국의 계관시인 도널드 홀은 23년간 부부로 금실 좋게 살다 아내가 먼저 세상을 떠났어요. 깊은 슬픔에 빠지고 난 2주 후에 홀은 욕망을 해결하기 위해 헤매고 다녔지요.

「슬픔으로 혼란스런 그는 살아 있음을 느끼고 싶었다.」
그의 시구는 애처롭기까지 해요.
그의 충동은 지극히 정상이며 인생 본질이라 숙연해져요.
먹고 키스하고 사랑하고 탐닉하는 것.
못하고 못 누리는 이들이 허다해서 문제죠.

푸드 포르노

푸드 포르노. 입 안에서 미끄러지는 느낌이 뭔가 싱그럽죠.
푸릇푸릇하고 스르르한 느낌예요. 음식 먹는 모습이 담긴 사진이나 영상
이 눈에 자극을 주거나 식욕을 건드리는 신조어죠. '먹방'이 비슷한 말이겠
죠. 우리나라는 세계 푸드 포르노의 강국이래요 나 홀로족의 급증으로 푸
드 포르노 열풍은 식기 힘들대요. 유투브에도 100만 가까운 푸드 포르노
티브가 있더군요. 한 어린 친구의 동영상을 왜 많이 볼까? 생각해봤어요.
음식이 주는 색감, 입으로 빨려오는 촉감, 따라 먹고 싶다는 자극을 주고
더 잘 살고픈 욕구와 활기를 주는구나 느꼈어요. 프레임 안에 꽉차게 음
식 먹는 움직임이 때로는 낯설고 흥미로운 관심을 끌어들이더군요.

샌드위치로 책을 만들면

나는 크렌베리 샌드위치와 아메리카노와 뜨거운 우유를 시켰어요.
커피를 마시며 해 지는 거리를 바라봤어요.
거리의 사람들이 붉게 물들고 있었어요.
한 출판사 사장님이 했던 말이 생각났어요.

"너무 책이 안 팔려. 언제쯤 사람들이 TV를 보듯이 책을 읽으려나."

사람들은 책을 봐야겠다고 늘 결심만 하죠.
크렌베리 샌드위치를 한입 먹자 오랜 전통만큼 오묘한 맛이 났어요.
좋은 책에 들인 세월은 더 깊은데…그 깊고 오묘한 책 맛을 모른 채
샌드위치 맛만 보며 사는 내가 부끄러웠어요. 얼마 전 친구가 말했어요.

"책만 잡았다 하면 잠이 와. 책은 마취제야."

잠시 스크린을 꺼보세요

어느 하루만이라도 혼자만의 시간을 갖는 건 어떨지요.

잠시 모든 스크린을 꺼보세요.
수도원이라 여기며 잠잠히 있어 보는 것도 괜찮답니다.
20세기 위대한 시인 오든의 <열두 가지 노래>대로 핸드폰을 꺼보세요.

모든 시계를 다 멈추고, 전화선도 뽑으라
개에게 뼈다귀를 물려주어 짖지 않게 하라
피아노를 치지 말고, 북에는 천을 덮어 소리를 죽이고
관을 내오라, 애도하는 자들도 다 나오라

그래요. 조용한 장소가 필요해요. 마음의 고요함이 필요하지요. 인생을 풍
요롭고 지혜롭게 살며 단순해져야 마음이 잘 보여요. 내키지 않는 일은 하
지 마세요. 어디 가는 것도 귀찮으면 가만히 있어요.

근심은 상실의 두려움에서 비롯되고

삶이 참 무겁고 슬프게 느껴지는 지금,
저는 힘찬 기운으로 일어서 보려구요.
뭐든 하려고 불끈 쥔 손과
튼튼한 눈빛으로 새롭게 길을 볼 때가 있어요

상실은 일어설 기회예요.
가난은 부자를 꿈꾸며 나가는 모험이고요.
슬픈 눈으로 보면 세상이 잘 안 보여요.
이 생에서 내가 찾을 보물은 뭘까요?
갈 길이 멀고 험난하죠. 장마철이지만
오늘도 사과나무 한 그루를 심고 싶어요.
이리도 가볍고 기쁜 바람이 부니
몸은 가뿐하고 평화롭습니다.

상상력을 고무줄처럼 늘여보세요

《나니아 연대기》를 쓴 루이스와 《반지의 제왕》을 쓴 톨킨은 친구랍니다.
둘이 만나 산책을 하던 날, 톨킨이 루이스에게 말했어요.

"자네가 아직 모르는 것은 상상력이 부족하다는 사실이네."

루이스가 판타지 작가인데, 상상력 부족하기는요. 참으로 진실하죠.
수많은 무신론자 마음을 유신론자로 바꿨으니.
여하튼 오늘날 세상의 많은 불행은 상상력 부족에서 온다고 생각해요.
기독교든 불교든 종교가 푹 가라앉는 것도 상상력 부족 때문일 겁니다.
종교만이 아니라 정치현실도 마찬가지고, 삶도 상상력 부족으로 삭막해
질 때가 많아요. 상상력 부족은 비유나 유머, 융통성 부족이에요.
그리고 시와 예술과 멀어져서예요.
새로운 세계나 희망이 잘 보이지 않는다는 뜻도 되고요.

5부

나에게 주는 선물

내 마음이
　　호트러지는 걸 막고 싶어

여행 테라피

푸른 하늘과 이어진 지평선을 향해 끝없이 걸어보고 싶어.
그곳이 해남 땅끝마을이어도 좋아요.
더 멀리 실크로드, 아프리카 초원이라도 좋구요.
현기증 나도록 사막을 걷고 싶어요.
초원의 사자와 얼룩말도 보고 싶고요.
수박과 포도, 바나나….
과일 테라피에 덤으로 일광욕 테라피까지.
드넓고 통풍이 잘되는 곳에 나를 빨래처럼
하얗게 말려두고 싶어요. 누군가 말했었죠.

"인류가 해야 할 가장 위대한 일은
자신의 마음이 흐트러지는 걸 막는 것이다."

흐트러진 마음이 하나로 모아질 때까지

마음만이 아니라 몸도 아프지 않게

잘 이끄는 것이 중요해요.

난 마음이 흐트러질 때마다 그것을 막기 위해 여행을 다녔던 것 같아요.

쓸쓸해지면 울 때가 많았는데 여행의 꿈으로 가슴이 따스해지곤 했어요.

꿈꾸는 것만으로도.

이제 더는 이루고 싶은 꿈을 미루거나 잊지 않아요.

공간이동은 가장 좋은 재충전법

나이를 먹는다고 상처가 없는 건 아니에요.

딱히 마음이 강해지는 것도 아니고요.

살다보니 내게 상처 준 사람도 있고, 나도 모르게 남에게 상처 준 경우도 있겠죠. 어찌보면 삶은 고통과 고독을 견디는 것임을 이젠 알아요. 그래서 무수한 각오가 필요한 거죠. 여기에서 벗어나고 싶을 때 한옥에 가요.

한옥의 즐거움은 마당을 거니는 거예요.

주방이 딸린 마루는 아담하고 아늑하죠.

갈색 나무 바닥은 다치기 쉬워 조심스럽지만,

천연의 친밀감으로 시원하면서도 푸근해요.

이 마루에 앉아 마당을 바라보면

하루가 참 느리게 흘러가요.

한옥의 힘은 시간이 느리게 간다는 것에 있지 않을까요?

오늘은 아무도 만나고 싶지 않아요.

쓸쓸해도 호젓하게 보내렵니다.

나에게 주는 선물

*선물은 '현재 present'와 동음이의어.
 지금 이 순간을 감사하고 즐기란 뜻이겠죠.
 주는 이도, 받는 이도 선물로 인해 관계는 단단해져요.
 다른 이에게 주는 선물은
 어쩌면 나 자신에게 주는 선물이기도 해요.

 선물에서는 늘 좋은 냄새가 나요.
 기분이 좋으니까 가슴이 떨리죠
 몸안의 수분이 가득 출렁이는 푸르른 느낌
 어떤 장애물도 넘어설 거 같죠.
 이 사랑받는 기쁨, 당신께도 드리고 싶어요.

 단, 내 좋은 걸 주기보다
 받는 이가 원하는 걸 주기
 정 여유가 없으면 양말 사서 주기
 계란 한꾸러미는 어떨까요, 값싸더라도
 좀 엉뚱해도 좋지 않을까요.

미술관 테라피

추운 봄날이었어요.

미술관으로 가는 길목 바람이 불어 길과 길이 휘날렸죠.

마르셀 뒤샹전이 토욜 저녁 6시부터는 공짜라더군요.

꽃샘추위를 이기고 피어난 히아신스를 볼 때처럼 신났어요. 미술관으로 오기 전에 히아신스를 봤거든요. 그 향기가 내 안에 퍼져가듯이 공짜란 향기가 몸에 스며왔어요. 별 것도 아닌 공짜에 기뻐하다니.

히아신스의 꽃말은 겸손한 사랑입니다. 고난을 이겨낸 뒤 자신을 더욱 명확히 알게 되듯이, 겨울을 이긴 히아신스가 더욱 향기롭습니다. 고난마저 사랑하면 인생길이 더 잘 보입니다. 주변 호텔 로비에서 잠시 책보다가 뒤샹에게로 갔어요. 뉴욕 모마에서도 공짜인 날에 1시간 줄 서서 기다려 봤지만, 공기, 하늘, 꽃 다 공짜인 걸 잊고, 공짜에 걸신 들은 듯 보이지만, 역시 사람들과 저는 공짜를 즐겨요. 서울의 뒤샹전도 좋았어요. 뭐든 예술이 될 수 있어. 생활 속에서 피어내는 창조력. 뒤샹의 위대한 발견의 철학. 히아신스의 향기처럼 강렬하게 퍼져옵니다.

좌석버스 테라피

좌석버스를 타고 있는 시간이 참 좋습니다.

아무것도 하지 않은 채 그저 관람객이 되어 창 밖을 보면 됩니다.

창밖으로 흘러가는 풍경.

시시각각 모습을 바꿔가는 흰 구름.

잠시 기분 좋은 단잠에 이끌리는 재미.

인생이 참 느리게 가는 기분이에요.

아마도 마음의 여유를 가질 수 있어서인가 봐요. 수첩에 할 일을 체크하고, 신문도 보고, 신세진 친구가 생각나면 감사 전화도 하고. 그 짧은 30분 동안 참 많은 것을 합니다. 언젠가 버스 안에서 읽은 책에서 보니 중요한 건 메모를 해 집 안 잘 보이는 곳에 붙여두라는군요.

아니면 호주머니에 넣어 두던지요. 나도 책에 줄 친 대목에 주문을 걸고 메모를 했습니다.

「매일 목표에 조금씩 다가가고 있다. 매일 더 강해지고 있다. 내가 믿기만 한다면, 나는 그것을 해낼 수 있다.

주문을 걸면 신념이 생기지요
짚 앞 정류장에 도착했네요
버스에서 적은 메모를
잘 보이는 곳에 붙여놨어요
이젠 더위도 견딜 만해졌죠
초가을엔 더 멋진
우리가 될 거라 기대해요.

장미 선물 테라피

5, 6월이면 장미꽃들이 젊은이들을 불러 모아요. 서촌 영추문 근처 역사 책방 앞에 갔다가 놀랐어요. 젊은 청춘들이 가득 모여 인증샷을 찍어서요. 이쁜 장소는 어찌 그리 알고 금세 몰려오는지. 그 장미향을 맡으며 재즈를 들으며 노을무렵의 차를 마시고 싶어요. 하지만 현실은 재즈를 듣고 장미향을 맡기도 쉽지 않아요. 그래도 돌아오는 장미의 계절에는 꼭 인증샷을 가득 찍어 최고의 추억사진을 골라 보고 싶어요.

그럼 장미薔薇의 한자 뜻풀이는 무얼까요? 담에 기대 자라는 식물이죠. 장미의 꽃말은 '애정' '사랑의 사자' '행복한 사랑' 등으로, 동서양 모두 결혼 식용 부케나 여성에게 주는 선물로는 최고의 꽃이이에요. 기도의 성인의 이름 '로사'도 장미꽃에서 왔어요. '로사'는 제 천주교 영세명이라서 장미는 남다르게 온답니다.

다른 꽃말로 '밀회密會의 비밀'이 있어요. 로마신화에서 사랑의 신 쥬피터가 어머니인 비너스의 로맨스를 누설치 말아달라고 침묵의 신인 헤포그라데스에게 부탁했답니다.

침묵의 신은 그리 하겠단 뜻으로 장미를 보냈죠.

이후 장미는 밀회의 비밀을 지켜주는 꽃이 되었다는군요.

다채로운 장미선물의 뜻을 살피고, 장미향을 맡으며 가요.

빨간 장미 한송이 - 왜 이제야 내 앞에 나타난 거야
분홍 장미 한송이 - 당신은 묘한 매력을 지녔군요
하얀 장미 한송이 - 다시 만날 수 있을까요?
노란 장미 한송이 - 혹시나 했는데 역시 꽝이야
빨간 장미 44송이 - 사랑하고 또 사랑해요
하얀 장미 100송이 - 그만 싸우자 백기 들고 항복이야
노란 장미 24송이 - 제발 내 눈앞에서 이사 가줘
빨간 장미 119송이 - 나의 불타는 가슴에 물을 뿌려주세요
노란 장미 4송이 - 배반은 배반을 낳는 법!
빨간 장미와 안개꽃 - 오늘만큼은 그냥 보낼 수 없어요.

외로움 퇴치, 자살 예방 테라피

외로움이 건강에 나쁜 건 알지요. 외로움은 외롭다는 느낌이 추울 때, 추워 떨 때 건강에 나쁜 거지요. 외로움을 나와 세상 탐구의 기회로 여기면 보약이지요. 보약으로 여기기까지 꽤 많은 연습이 필요해요. 성형수술이 아니라, 심리치료로서 얼굴을 가꾸고 심리치료해 주는 직업이 잘 될 거라는군요. 일본에서는 옆에서 잠을 자주는 직업도 있대요. 일본 영화에서도 봤어요. 결혼식 하객으로 가주는 직업도요... 사랑이 외로움을 잊게 해주듯이. 돈을 지불해서 관계도 생기죠. 이런 직업이 더 커질 거예요. 결국 경제가 좋아야 외로움퇴치 예방도 되는 세상이 좀 쓸쓸해요. 그런 면에서 SNS를 하는 것이 외로움 퇴치, 자살 예방에 참 좋다는 건 누구나 느낄 거예요. 되도록 돈이 안드는 쪽으로 해도 달도 뜨고, 우리의 발길도 흘러 갑니다.

나를 잘 아는 방법

새벽 두시.

비가 쏟아지네요.

시원한 바람이 내 몸을 휘감는 듯해요.

꼭 바닷가에 서 있는 것 같아요.

감미로워지는 것은 큰 위험을 느끼지 않기 때문이에요.

라디오에서 흘러나오는 쳇 베이커의

「She was too good to me」가 좋아요.

아주 잘 부른다기보다 슬픔을 아는 목소리예요.

그 슬픈 목소리를 따라가며 많은 생각을 했어요.

당신은 일, 일, 일 속에 파묻혀 자신을 볼 시간이 없네요.

왜 사는지, 어디로 가는지, 뭘 좋아하고 어떻게 하고 싶은지도

모른 채 남들이 가니까 가진 않는지요.

남들이 대학 가니까 가려 하고, 남들이 좋아하니까

따라서 좋아하는 것도 많을 겁니다.

남들이 싫어하니까 싫어하는 것도 많을 거예요.

이제 자신의 내면을 차분히 살필 시간이 필요합니다.

단순해져야 내면도 잘 보이겠죠.

단순해져야 인생의 핵심이 보입니다.

나를 잘 아는 방법은 고독, 침묵, 기도입니다.

그 속에서 비로소 자신을 알게 돼요.

고독은 자신의 절실함에 귀 기울여 기도하는 시간입니다.

인생의 목적과 가치를 다시 다지는 시간이니

이때의 외로움은 축복된 고독임을 잊지 마세요.

외롭다고 한탄하며 보내는 사람보다

좀 더 깨어 있는 고독한 당신이

훨씬 풍요로워질 겁니다.

안절부절 못하는 당신에게 드리는 거울

자신의 참모습을 만나야 해요.
어떻게 만날까요?
먼저 도망치려 하지 마세요.
친절한 표현들을 찾아보세요.
일하시는 분에게 이렇게 말을 건네면 어떨까요.

"더운데 고생이 많으세요."

마음속에 담아만 두었던 친절한 표현들을
밖으로 하나씩 꺼내보는 거예요.
그리고 거울을 보세요.
솔직한 마음이 거울에 비치기 시작하나요?
자, 이제 내면의 깊은 느낌과
생각과 감각을 모두와 나눠 봐요.

나만의 공부테라피

우리가 보는 것은 언젠가는 모두 희미해질 거예요.

나는 즐기고 음미하고 싶어요.

유리창으로 비쳐드는 햇살.

오후 다섯시면 금세 밀려드는 저녁 빛.

유투브로 매일 듣는 음악.

내가 탐구하는 공부에서도 짜릿함을 느껴요.

나 스스로 나 자신을 챙기는 방법.

시 읽고, 책 읽고, 음악 듣고,

외로움마저도 외롭다고 슬퍼하더라도

어느 날 너무 슬퍼서 눈물 짓더라도

외로워서 내가 가질 수 있는 깨달음, 지혜를

고마워 하면 쓰러진 몸이

스스로 일어서질 거예요

벌써 노화를 걱정하다니요

살뜰한 서른 살 미미 씨는 살도 살뜰하게 쪘어요.

건강 걱정까지 살뜰했지요.

눈은 뻑뻑한 돌이 구르는 것 같고,

관절에서 우두둑 소리가 난다며 걱정이 태산이었죠.

나이 먹는다는 걸 몸이 알려줬어요. 눈 밑에 주름이 살짝 생기더니 가느다란 선들이 그어지고 드디어 주름이 완성되었죠. 미미 씨는 늙어감을 두려워하고 걱정했답니다. 집에서는 가습기를 끼고 살고 외출할 땐 핸드크림을 꼭 챙겼어요. 손 저리고 팔도 저리는 게 혈액순환 장애까지 생겼나 싶었어요. 그러면서도 자신이 너무 예민해진 건 아닌지 생각하며 불면증에 시달렸죠. 미미 씨는 몸이 늙는 것보다 훨씬 빠른 속도로 마음이 늙어가고 있었지요. 미미 씨는 어릴 때 아버지가 개구리를 잡아먹으셨기에 자신도 개구리를 잡아먹어야 하나 고민했어요. 친구 하이 씨에게 물었더니 아주 친절하게 조언해주었어요.

"개구리가 밤마다 울잖아요. 태양을 밤에도 빨아들여 에너지가 아주 셀 것 같아요. 그래서 아버지도 개구리를 드신 거 아닐까요?"
"울 아버지는 밤에 잠자는 개구리를 드셨던 거 같은데…."

하이 씨가 말했어요.

"개구리만의 자존감이 있고, 야생의 번들거리는 눈빛이 있어요. 인간들이 개구리를 너무 얕봐서는 안 되죠. 나도 서른이 되니까 신체기능이 떨어지는 거 같아요. 무진장 피곤하고 잠이 쏟아져요. 허벅지는 밀가루 반죽을 덕지덕지 붙이는 것처럼 두툼해지고 있어요."

둘의 대화를 듣고 있던 서른네 살 온정씨가 온정 넘치게 말했어요.

"애 낳고 석 달 동안 보약을 먹어 기력은 왕성해졌지만 몸은 급격하게 불어가고 있어요. 피부 탄력은 떨어지고 어느 하루 다이어트를 하려고 결식

어른이 되어 굶어도 몸이 줄지 않아요. 뒤틀린 것 같은 골반을 바로잡는다고 필라테스로 수선 중인 여자도 봤어요. 재활용이 안되는 몸이라 조심해야죠. 무릎과 턱관절이 안좋아 웃기도 하품하기도 겁난대요, 무릎이 상할까 봐 걸음도 할머니들처럼 조심스러워요."

미미 씨는 앞으로 온정 씨처럼 될까 봐 두려워졌습니다.
그때 내가 말했어요.

"다들 현재의 젊음은 즐기지 못하고 노화만 생각하나요. 미모보다 마음과 정신이 알찬 여성이 되어야 해요. 남자들 예쁘면 사족을 못 쓰지만, 그게 다가 아니죠.

"왜 무릎관절을 벌써 걱정해요? 웃고 싶을 때 활짝 웃어요. 그런다고 턱관절이 빠지지 않을 테니."

그러자 하이 씨가 맞장구를 쳤어요.

"그래요. 나도 세월에 곱게 물들며 늙고 싶어요."

나는 하이 씨의 말에 빙그레 웃었어요. 저보다 까마득히 어린 친구들이
벌써 노화를 얘기하는 모습이 귀엽기만 했죠. 하지만 꾀병 같은 건강염려
증이 더 문제예요. 하지만 가끔은 꾀병이 진짜 병이 되니 서둘지 마세요.
걱정도 말고요. 그저 젊음의 향기를 느끼고 기뻐하세요. 벌써 노화를 걱
정할 나이는 아녜요.
지금 이 순간 젊음을 즐기세요.
지금 젊음과 건강을 즐기지 않으면 훗날 후회합니다.
이미 그때는 젊고 아름다운 몸은 아니니까요.

인간은 아무것도 아니야

여섯 살 때 기억이 얼핏 스쳐 지나가요.
여섯 살의 몸과 지금 몸의 차이는 무엇일까요.
어느 철학자는 육체의 가치를 이렇게 말했어요.

"인간은 아무것도 아니다. 비누 일곱 장을 만들 수 있는 정도의 지방, 중간 크기 못 하나를 만들 수 있는 철, 찻잔 일곱 잔을 채울 만한 당분, 닭장 하나를 칠할 수 있는 석회, 성냥 2,200개를 만들 만한 인, 약간의 소금을 만들 수 있는 마그네슘, 장난감 크레인 하나를 폭파할 수 있는 칼륨, 그리고 개 한 마리에 숨어 있는 벼룩을 몽땅 잡을 수 있는 유황이 전부다."

그러니 몸의 가치라는 것이 얼마나 허망한가요. 얼짱, 몸짱이란 것도 참 덧없는 것이죠. 사람은 육체만으로 존재하지 않기에 정신의 가치는 더욱 소중하죠. 나이가 들수록 외모보다 센스 있고 지혜로운 여성, 남성이 훨씬 매력 있지요. 거기에 민첩하고 민감하며, 섬세한 감성을 키워가면 우정과 사랑도 풍요로워져요.

내 마음을 갈고 닦는 것만큼

사람의 가치를 키우는 일도 없을 거예요.

육체의 나를 넘어 복잡한 생각과 감정을 넘어

끝없이 탐구할 수 있는 곳.

그곳이 바로 인간의 내면임을 알아요.

정신이고 영혼이라고 느껴지는 영역.

진정으로 시간을 투자할 부동산이죠.

여자

나는 여류시인이라는 말에 분노했어요.
남류시인이라고 하지 않잖아요. 여성들을 여류라는 감옥의 말로 가두지
말아주세요. 여교사, 여경, 여군, 여직원, 여대생…. 여성호칭을 성가셔 했던
여성들을 위해 아래 시를 썼어요.

나의 시는
오르는 물가를 잠재우지 못하고
병든 자의 위로도 못 되고
뜨거운 희망을 일깨우는 망치솔도 못 되고
네 상처의 주름살도 지우지 못하고
그래, 아무 힘도 못 되지

그래도 날 여류시인이라 부르진 마
여류가 뭐야? 이쑤시개야, 악세서리야?
여류는 화류란 말의 사촌 같으니
여자라는 울타리에 가두지 마 폄하하지 마

어쨌든 저는 여자로 태어나서 다행이에요.
치마를 입을 수 있어서요. 젖가슴이 있어서요
후후, 웃지 마세요. 치마가 바람에 휘날릴 때
얼마나 기분좋은데요. 아담한 젖가슴이 출렁일 때.

아름다운 침묵

자기 말만 하기에도 바쁜 세상이에요.

대부분 자기 생각에만 빠져 살기 일쑤죠.

귀 기울여 듣는 것은 상대방의 진짜 모습,

그만이 지닌 보물을 찾아내는 것이고,

그를 더 깊이 사랑하는 일이에요.

급한 현대인들은 귀 기울여 듣기가 참 힘들어졌어요.

때론 말하고 싶은 것을 꾹 눌러 참아보아요.

그리고 듣는 훈련을 해봐요.

이건 나에게 하는 말이기도 해요.

다른 사람의 이야기에 귀 기울이다 보면

몸과 마음도 편하다는 걸 새삼 느낄 거예요.

살아보니 말하기보다 듣는 게 편합니다.

지그시 듣거나 침묵하는 것은 건강에도 좋아요.

침묵을 지키는 방법을 알고 실천하는 사람이 되어 볼까요.

약보다 침묵이 병을 잘 다스리고 치유한대요.

폴 세잔은 자신의 아내를 모델로 44점의 유화와 수많은 데생과 수채화 작품을 남겼어요. 열한 살 연하인 아내 피케의 장점은 언제나 평상심을 유지하고 인내할 줄 알았던 거예요. 세잔이 피케를 그릴 때 백 번 이상 포즈를 바꾸라고 해도 불평 없이 따를 정도로 조용하고 온순한 성격이었죠. 그녀의 초상화는 참 아름다워요.

침묵은 사람을 아름답게 만들긴 해요.
그녀의 성격이 부럽다면 훈련해 보세요.
자꾸 노력하고 훈련하면 돼요.
모든 것은 훈련이에요.

라푼젤의 감옥

자신의 모습을 어떻게 생각하나요?

누군가 당신에게 고집이 세다, 유별나다 단정적으로 말하지는 않았나요?

그 말에 갇혀 자학하지 않았나요?

혹시 그로 인해 열등감이 생기진 않았나요?

동화 속 라푼젤도 그런 사람이었어요.

옛날에 라푼젤이란 소녀가 살았습니다. 라푼젤은 마녀에게 잡혀 높은 탑 꼭대기에 갇혀 살게 되었죠. 그녀는 아름다웠어요. 마녀는 아름다운 라푼젤을 질투해 붙잡아두려고 꾀를 부렸습니다.

"라푼젤, 너는 나만큼 추하고 못생겼어."

마녀는 라푼젤을 세뇌했어요. 그 탑에는 거울이 없었어요. 마녀의 계획대로 소녀는 자신이 못생겼다고 믿게 되었어요. 자신의 추한 모습을 보고 사람들이 달아날 것을 두려워한 라푼젤은 탑을 벗어나려는 생각조차 하지 않았답니다. 라푼젤은 스스로 그 믿음의 포로가 되어버리고 만 거예요. 어느 날, 라푼젤은 탑 아래 서 있는 매혹적인 왕자를 보게 되었어요. 두 사람은 첫눈에 반해버렸지요. 라푼젤은 자신의 길고 아름다운 머리카락을 잘라 던졌고, 왕자는 머리카락을 사다리 모양으로 엮어 창문까지 타고 올라갔어요. 그들은 코가 맞닿을 만큼 서로의 얼굴을 가까이 마주보게 되었어요. 라푼젤은 처음으로 왕자의 눈에 비친 자신의 아름다움을 보았어요. 비로소 라푼젤은 마녀의 말에서 벗어나게 되었죠. 그 후 두 사람은 탑을 빠져나와 행복하게 살았답니다. 늙고 추한 마녀의 훼방과 간섭이 있었지만 말이에요.

우리는 자신의 아름다움이나 개성을
자꾸 다른 사람의 말에 기대려 해요.
다른 사람의 말로 상처받기도 하고
자랑스러워하기도 하죠.
하지만 자신의 가치가
다른 사람들의 험담으로 낮아져서는 안 돼요.

자신을 어여삐 보는 사람의 눈에
비친 자신의 어여쁨을 보세요.

나를 잡아, 나를 놔

그가 연주하는 모습을 유튜브에서 봤어요. 너무나 놀랐어요. 그런 자세로 피아노 치는 연주자는 처음 보았거든요. 그러나 찬찬히 들여다보면 그가 연주에 홀릭이 된 것을 알게 될 겁니다. 거기에 흥얼거리는 소리까지 얇게 흘러나오는데, 심취된 그의 자세와 잘 어울렸어요. 떠듬떠듬 어눌한 사람이 말을 하는데 다 듣고 나면 참으로 진실된 말이었어요. 아주 인상 깊었어요. 그래서 그는 무대와 청중이 싫어 실황연주가 스튜디오 녹음보다 훨씬 아름답다고 하는가봐요.

그는 바로 바흐의 <골드베르크 변주곡>을 연주해
세계적 명성을 얻은 글렌 굴드랍니다.
그는 평생 우울증에 시달렸고,
급작스런 뇌졸중으로 50세에 세상을 떠났어요.

글렌 굴드는 항상 건강을 염려했지만, 오히려 건강하게 살지 못했어요. 그는 약에 찌들어 병색이 만연한 말년을 보냈어요. 그런데 그의 젊은 모습을

123

보고 깜짝 놀랐어요. 그의 젊은 날의 모습은 어딘가 영화배우 에단 호크를 닮았더군요. 꽤 괜찮은 소설을 썼던 에단 호크처럼 명민하고 감성적이었어요. 에단 호크보다는 조금 더 영혼이 무겁고 외로워 보이기도 하고요.

시작과 끝도 없는 음악.

클라이맥스도 종결부도 없는 음악.

어떻게 연주하느냐에 따라 느낌이 달라지는 악보.

우리가 연주하기 전의 생의 악보도 이렇지 않을까요.

그의 사진 중에서 <골드베르크 변주곡>에 맞춰 지휘하듯 손을 내저으며 춤추는 모습이 참 좋았어요. 저리도 바흐의 곡에 몰입해 춤까지 추다니. 아름다워서 안개꽃처럼 포옥 가슴에 담겨오는 모습이었죠. 그는 사람들에게서 멀어지고 싶으면서 사람의 관심을 갈구했고, 추위를 싫어하면서 얼어붙은 북쪽지방을 동경했으며, 비행기 사고를 두려워하면서도 자동차를 미치도록 운전했대요. 그의 이런 마음 상태는 누구에게나 있어요. 저도 시집《침대를 타고 달렸어》에서 이런 마음 상태를 그려봤어요.

사는 게 별거겠니
추억하며 잊어가는 일
죽고 싶다가 살고 싶은 일
감정의 시소 타며 하늘 보는 일
사는 데 가장 큰 고통은 욕망이야

나를 안아줘
안전벨트처럼 안아줘
불안한 술잔처럼 기울지 않게
돈 걱정과 죽음에 짓눌리지 않게
나를 잡아, 나를 놔
자, 우린 일하고 깨치며 가야지
내 입과 내 입에 사랑의 떡을 처넣고
입 깊숙이 슬픔 들끓게 내버려두고

쌀과 물을 사람들과 나누고
오늘은 다르게 살기 위한 시도잖니

이 도시만큼 괜찮은 무덤도 없을 거야
너만큼 편안한 수갑도 없을 거야
네 안에 있으니 따뜻해졌어
날 조이지마, 나한테 매달리지 마
그렇다고 날 떠나면 되겠니
나를 잡아, 나를 놔
나를 잡아

이런 마음 상태가 곧 우리의 인생이 아닐까요. 사랑에 매달리고 싶다가도, 도망치고 싶은 인간 심리의 이중주. 아무리 이성적이어도 오르락 내리락 시소 타는 마음 상태에서 자유로울 수 없지요.

외모를 가꿀래요

지하실처럼 어두운 표정을 지우고 앞으로 나가보세요.
경품으로 받은 싸구려 티셔츠,
허접한 추리닝 차림은 하지 마세요.
언제 어디서든 꿈꾸던 인연을 만날지 모르잖아요.
옷차림에 따라 마음이 달라지고 사람이 달라 보입니다.
매혹적인 사람이 되고 싶다면
거울을 보고 목소리를 낮추고 말투와 표정을
평소와 완전히 다른 모습으로 바꿔 봐요.
이제 정신 차려보세요.
절대로 자신에게서 도망치려 하지 마세요.
나를 행복하게 하는 건 바로 나예요.

나를 행복하게 하는 건
바로 나예요

6부

결국 사랑받기 위해서라

결국은 사랑받기 위해서라

돈, 지위, 명예를 쫓는 건 모두 사랑받기 위해서인 듯해요.
연예인이나 명품귀족이 되고픈 꿈도 모두 사랑받고 싶어서죠.
사랑은 우아하고 달콤해서 끌려요.
평생 받고 싶은 꽃이죠.
그걸 쉽게 얻지 못해 불안하고 불행하다 여겨요.
사랑 받고 힘껏 빛나고 싶어서
따스하고만 싶어서 우리는
언제 어디서나 사랑받으려 안간힘을 써요.
늘 인정과 칭찬의 꽃다발을 안고 싶죠.
인간의 모든 행동은
사랑의 고백이거나 사랑의 요청이에요.
사랑 고백이나 요청이 안 들린다고요?
내가 먼저 남을 사랑하면 되지요.
그럼에도
아무도 나를 사랑해주지 않으면
내가 나를 사랑하면 됩니다.

끝없는 고민들의 바통터치

「행복한 가정들은 모두 비슷한 행복을 누리고 있지만,
불행한 가정들은 저마다 다른 불행을 겪고 있다.」

톨스토이의 《안나 카레니나》의 첫 문장을 보고 생각이 많아졌어요.
저마다 문제가 하나쯤은 있게 마련이지요.
누군가의 절박한 문제가
또 다른 누군가에게는 배부른 소리가 되죠.
계절이 바뀌듯 고민도 바뀌고 해가 바뀌면
또 다른 고민이 생기게 되죠.
아아, 이 끝없는 고민의 바통터치.
어쩌면 완전한 만족이란 없어서 새로운 고민의 바통이
손에 들어오기 전까지는 권태 속에서 허우적댑니다.
그렇게 또다시 새로운 고민이 바통이 올 때까지

비교 습관

A special ritual for apple flowers,
@Shin HyunRim.Inkjet print, 2019

내 전시 <사과꽃 당신이 올 때>를 마친 후,

할 일이 그렇게 많을 줄 몰랐어요.

책 내는 일보다 사진전이 더 고독하고 고단해요.

작업하는 희열감은 빼놓고 말이죠.

나이가 들면 조수를 부리며 일할 줄 알았어요. 지금은 그것이 꿈이었구나
깨닫죠. 전시 전후에 쉴 틈이 없더니만 전시를 마칠 때마다 수면부족에
몸살로 한 달을 앓곤 했어요. 환경주의자인 나는 분리수거를 철저히 하다
보니 시간이 많이 드네요.

행복이 나를 자꾸 긍정적으로 만드는지 알면서도 우울해했어요.

가사도우미를 불러 사는 부유층 여인네들이 부러웠나 봐요.

비교해서 우울했던 거죠.

비교습관.

그것이 병처럼 사람들에게 널리 퍼져 있음에 깊이 공감해요. 그 비교로 나
는 왜 이런가 자학하며, 시간을 낭비하고, 상처받고 갈등하고 슬퍼하는 경

험을 숱하게 했죠. 비교감이 지나치면 얼마나 치명적인지 알면서도 그랬어
요. 비교습관은 누구라도 죽을 때까지 계속될 거예요.

연륜과 신앙으로 비교습관을 컨트롤하는 지혜가 생깁니다.
그냥 음미해보죠.
한 발자국 떨어져서요.
길을 가면 해질녘 붉은 들판이 출렁이고 바다가 보여요.
그것을 느끼고 숨을 크게 들이마시듯
끌어안다 보면 비교감도 덜 하고 건강해져요.

쉬잇, 부정적인 말은 꺼내지도 마세요

부정적인 기운 박멸!
단정하는 말은 안 하는 게 좋아요.
부정적으로 말하는 사람은
결핍이 많고 어리석어 보이지요.
따스한 눈으로 세상을 바라봐요.
긍정적인 빛을 구하면 더욱 빛나는 자신을 만나요.
인생은 저마다 도를 닦는 거예요.

아무거라도 하고 싶은 마음으로 바꾸기

아무것도 하기 싫은 마음을 무어라도 하고 싶은 마음으로 바꾸기 위해 릴리안 로스라는 여인을 떠올렸어요. 그녀는 댄서요, 연극배우이자 영화배우였어요. 그녀는 약물중독과 몇 번의 결혼 실패로 상실감에 시달리며 절망에서 헤어나지 못했대요. 가수 에이미 와인하우스와 휘트니 휴스턴처럼 약물중독으로 죽을 수도 있었겠죠.

하지만 그녀는 다시 일어섰어요.

망가진 자신을 건져올린 건 바로 사랑의 힘이었어요.

릴리안의 말을 들어보죠.

"나를 사랑해주는 사람을 찾았기 때문이에요."

자신에게 조금이라도 관심을 갖고 애정을 기울여준 사람들이 있을 거예요. 없다면 지금부터라도 자신과 잘 맞는 지인들에게 먼저 관심을 기울이고 애정을 쏟아야 합니다.

우리는 누구도 혼자 살 수 없으니까요.

한 사람에게라도 사랑받는 사람은 현실적응력이 강합니다.

한 명, 두 명, 세 명….

친한 사람이 늘어날수록 현실적응력은 더 커집니다.

사랑을 주는 사람은 부모, 할머니, 할아버지,

이모, 삼촌 누구라도 좋습니다.

꼭 피가 섞이지 않더라도 자신의 속내를 털어놓고

위로와 격려를 해줄 사람이 있다면

아무리 좌절해도 일어섭니다.

당신도

당신을 사랑하는 이들이

곁에 있음을 잊지 마세요.

따뜻한 이불이 주는 사랑

내가 제일 좋아하는 순간은 힘든 하루를 끝내고 집에 돌아와 따스한 구들장 위에 누워 몸을 지지는 것이죠. 혼자서 밥 먹고, 혼자서 일하고, 혼자서 영화 봐도 괜찮아. 집에 가면 따뜻한 침대가 나를 안아주잖아. 요즘은 전기매트가 나를 안아주잖아. 따뜻한 이불 속에 있으면 아주 깊이 사랑받는 기분이에요. 사람은 이렇게 누워 하루를 무사히 보낸 것을 감사하고 지나온 것을 그리워하죠.

지금보다 행복했다 싶은 어릴 적 기억을 떠올려봅니다.
방 한 칸에 부모님과 4남매가 누워 아랫목 한 이불 속에 시린 발 묻어놓고 도란거리다가 누가 먼저랄 것도 없이 스르르 잠들던 어릴 적 말입니다. 쌀밥이 귀해 찐 감자나 고구마를 먹고 누군가 피식피식 방귀를 뀌면, 소리를 지르며 방문을 열곤 했었죠.

따뜻한 이불 속에 있으면
아주 깊이 사랑받는 기분이에요

쓸쓸한 당신들이 사랑을 풀어가는 방법에 대하여

어떻게 사랑하세요? 그냥 잊고 살아요. 어떻게 사랑하세요? 촛불이 잘 켜지지 않아요. 어떻게 사랑하세요? 우물처럼 깊은 슬픔과 엉킨 꿈으로요 어떻게 사랑하세요? 두 사람과 만나죠. 한 사람에게 못 채운 갈망은 다른 이한테 얻죠. 어떻게 사랑하세요? 결혼을 떠난 평생의 반려자랑요. 어떻게 사랑하세요? 다 귀찮아요 어떻게 사랑하세요? 나만의 은밀한 자위행위로요. 어떻게 사랑하세요? 사랑도 힘든데, 섹스는 더 힘들어요. 어떻게 사랑하세요? 노코멘트예요. 어떻게 사랑하세요? 저는 이곳에 없어요.

- 신현림 4시집 「침대를 타고 달렸어」에서 -

지난 가을 영국출판사 Tilted Axis에서 한국 대표여성 9인 중에 저도 뽑혀 3편에 50파운드 인세가 들어왔어요. 영국에 한국시 연구자가 있구나, 고개를 끄덕였어요. 그쪽 도서관에도 시집이 있나 봅니다. 누구나 외국에 자기 시가 소개되길 바랍니다. 어느 세월에 제 시가 외국에 소개될 수 있을까, 낙담했었죠. 그냥 작가로서 내 삶에 충실하자고 생각만 하며 살았지요. 그런데 시대가 바뀌었음을 새삼 느낍니다.

싱글맘, 낙태, 특히 위 시가 뽑혀 저도 놀랐어요. 전 지구인들이 고민하는 문제와 자기 목소리가 분명한 시인들을 골랐음을 느꼈어요. 참으로 놀랍고, 신기하고, 고마운 소식은 지금껏 제게 큰 힘이 되어주네요.

헛헛하면 헛헛하다 말해보세요

하늘은 잔뜩 흐려 비가 쏟아질 듯했어요. 한동안 맑은 날만 이어져선지 이 흐린 날이 불안했어요. 시간이 갈수록 회색 구름만 가득해 다른 세상에 와 있는 듯했어요. 그런데 이게 웬일이에요. 4월에 하얀 눈이 흩날렸어요. 포슬포슬 하얀 눈발이 날리자마자 녹아버렸어요. 부는 바람에 깃발만 홀로 펄럭였어요. 소희 씨는 깃발을 마치 자기 마음이라 생각하고 눈물까지 흘리지 뭡니까. 그때 카카오톡으로 문자 하나가 도착했어요. 누군가 봤더니 그냥 우연히 알게 돼 통화만 하던 연하남 정주 씨였어요. 문득 피터 한트케의 소설 《낯선자》의 한 구절이 생각났어요.

「다른 사람과 교류가 없으면 내게 세상은 잠겨 있는 것이다.」
이 구절을 절절하게 되씹으며 외로워했는데 그 답답함을 벗겨주는 이 남자가 반가웠어요. 정주 씨가 톡을 했어요. "여행을 즐기는 당신. 열정적으로 사는 모습 너무 좋던데?"

남들에게는 열정적이고 멋지게 사는 모습으로 보였구나 생각하니 씁쓸했어요. 십 년 싱글 생활에 지쳐 가슴이 새까만데, 행복하게만 보이는 자신의 상태가 싫었어요. 이내 조금 멜랑콜리한 모습으로 바꾼 후 핸드폰을 바라봤어요. 소희 씨는 늘 나만 외로운 거 같다고 말했어요. 남들은 파트너랑 깨와 흑설탕이 쏟아지게 잘사는 것만 같다고. 참으로 외로울 때는 아무도 없는 자신이 싫다고 했어요. 바보들처럼 자신만 홀로 버려진 듯 한 건 왜일까요. 우리는 왜 스스로 들볶고 괴롭힐까요? 어느 순간 외롭고, 비가 내려 외롭고, 황혼녘이나 늦가을 나뭇잎이 우수수 떨어질 때 외롭고…. 그나마 다행인 건 누구나 외롭다는 거죠.

걱정하는 것을 걱정하지마

이 세상 고민의 절반 이상은
자존심이 상했거나 멸시를 받아서 오는
소소한 일들이 이유래요.
그때는 참 심각해도 지나보면
별 거 아닌 것이 돼버려요.
인생은 거창한 게 아니에요.
아주 소소한 일들로 이루어졌죠.
지나보니 나도 별거 아닌 걸로 다투고,
쓸데없이 매일 고민했어요.

오늘따라 주름살도 많고 늙어 보여. 자꾸 살이 쪄서 어떡하지. 내가 과연
좋은 사람을 만날 수 있을까. 좋은 사람과 잘 살 수 있을까. 계속 밥벌이
에 쫓겨 그냥저냥 살다 결혼할 기회를 영영 놓치면 어떡하지. 그 친구가 나
를 싫어하면 어쩌나. 꿈꾸던 일을 실패하면 어쩌지. 사랑하는 사람과 이별
하면….

한숨 짓고 새까매진 유리창을 바라보며 오늘도 한 것 없이 하루가 가는
구나. 왠지 버림받은 심정이랄까. 문자 하나 없는 하루가 슬퍼지기도 합
니다. 감정조절이 힘들고 답답해지면 누가 나를 죽여줬으면 하는 생각까
지 하지요.

'누가 나를 죽여줬으면'의 심리를 파헤치면

'누가 나를 살려줬으면'이거든요.

셰익스피어는 "결점이 없으면 오만해지기 쉽다"고 말했어요.

진정한 고민은 자신의 결점을 돌아볼 기회가 됩니다.

그냥 잘하고 있다고 해주면 안 돼?

매주 복음 회보가 문밖 우유주머니에 담겨 있어요.
솔직히 성가시지만 가만히 생각하면 복음을 전하는
그들의 마음은 사랑이에요. 사랑은 귀찮은 게 아니죠.
어느 날, 그 회보를 읽다가 가슴에 싸하게 스며드는 글을 보았어요.
'격려의 위대함'이란 제목의 글이었어요.
「이탈리아 나폴리의 한 공장에 성악가를 꿈꾸는 소년이 있었습니다.
어려운 형편에 겨우 레슨을 받게 된 소년에게
선생님은 단호하게 말했습니다.
"넌 성악가로서 자질이 없어. 네 목소리는 덧문에서 나는 바람소리 같아."
그러자 소년의 어머니가 실망하는 아들을 꼭 껴안으며 말했답니다.
"넌 할 수 있어. 절대 실망해선 안 돼. 네가 성악공부를 포기하지 않는다면
엄마는 어떤 희생도 감수할 거야."
소년은 어머니의 격려를 받으면서 열심히 노래했습니다.
이 소년이 바로 위대한 성악가 앙리코 카루소입니다.」
따스한 사랑의 말 한마디가 한낱 덧문의 바람 소리도

세상을 울리는 노랫소리로 바꿀 수 있어요.

칭찬보다 험담을 많이 하는 세상이에요.

잘못되면 내 탓은 없고 남 탓만 있죠.

축축하게 슬픔에 젖어

마를 줄 모르는 이가 있다면

푸근한 말 한마디를 건네 봐야겠어요.

말하는 내 가슴도 푸근해질 거예요.

사랑은 결심이다

사랑은 결심이죠.

내가 사랑하려고 한 사람이니 뭐든 감싸안고 가는 것.

나 혼자서 숨 쉬기 힘들 때가 많았는데

곁에 있어줘서 고맙죠.

비로소 안심이 돼요. 그런 안심이

솔로인 저는 몹시 부러워요,

비 오거나 눈 오는 날엔 카페라테가 더 감미롭겠죠.

같이 마셔보세요. 아, 푸르고 촉촉한 바다냄새.

바다 같은 그가 있어 참 좋을 거예요.

눈 내리고 꽃이 피면 그 풍경을 함께 구경하세요.

체온이 느껴지면 내가 살아 있구나 하고 깨달을 거예요.

살며시 손을 잡아보세요.

손잡고 있을 때 천천히 말하고,

마주볼 때는 지그시 바라보고,

말없이 있어 보세요.

서로가 더 가깝게 느껴질 거예요.

길 잃은 이십대

사람은 누구나 목숨 걸듯 치열하게 일하는 것만으로 삶의 보람을 느끼는
시기가 있어요.
나도 그만큼 격렬한 삶을 산 시기가 20대였어요.
시집 《세기말 블루스》에 시 <오백원 대학생> 그 뒷부분을 읊을게요.

절망의 구역질을 하며 이렇게 살다 죽진 않으리라 다짐했네
오른 물가만 빼면 그때나 지금이나 다를 바 없네
가난의 역사를 바꾸고 싶은 서러운 오백원 인생
까짓것 허기진 채 일렁이며 흘러가죠
그러나 못살겠다 갈아보자 오백원 인생

제기랄, 바꿔져라, 바꿔져라,
부익부 빈익빈의 세상이여
가난하고 고통스러워 생각하기도 싫던 20대를 돌아보면 그 괴로움을 넘
어서려는 노력이 지금의 나를 만들었음을 이제는 알죠.

나름 전투적으로 살았고, 지금은 성취감도 느껴요.

이젠 그 시절이 그립고 고맙지요.

위대한 소설가 마르케스도 이렇게 말했죠.

"초라하고 가난할 때 더 많은 것을 할 수 있다."

20대든 30대든 40대든 가난하다면 그만큼 더 많은 소망을 이룰 기회예요. 나이를 떠나 젊다고 느끼는 자는 그 자체가 무한한 가능성을 지녔으므로.

가난의 상처는 자신을 키워주는 어머니와 같음을 세월이 갈수록 더 느끼게 되죠. 젊을 때 실력을 탄탄하게 쌓아두면 미래가 두렵지 않아요. 불빛이 있어도 길을 잃기가 쉬우니 기도하며 희망의 플래시를 켜 세요.

혹시 길을 잃어도 슬퍼 말고요.

때론 길을 잃는 게 자기발견의 모험이 된답니다.

서른 살 때 마음이 인생을 이끈다

서른 살에 어머니가 주신 천만 원으로 집을 탈출했어요.
그때부터 돈벌이의 고달픔에 뼈가 저렸지요.
굶어 죽을지도 모른다는 공포와 불안감에
몸부림치던 잔상이 지금도 생생해요.

서른 살, 그때의 마음이 지금의 삶을 이끌어갑니다.
서른 살에는 잠을 잘 잘 수가 없었어요.
몸치장도 대강대강.
거울 들여다보는 일도 줄이고
화장하는 시간도 아껴야 했죠.
경박한 독서는 끊고 무의미한 수다와
오락을 모른 채 서른 살을 보냈죠.
내가 할 수 있는 일은 최소한의 생계비만 벌고
고시공부하듯 탐구하고
창작열을 불태우는 것뿐이었어요.
그만큼 고독한 시간이었어요.

어느 때보다도 열렬한 독서광이었죠.
내가 궁금해 하고 보고 싶어 하는
모든 것을 책 속에서 발견했어요.

식당에서, 전철에서, 버스에서,
길거리 어느 곳에서나 시를 읽고
책을 독파해 나갔어요.
서른 살은 치열한 열정으로 넘쳐나고
죽음에 대한 성찰이 시작된 나이였죠.
하루도 쉬지 않고 사진을 찍거나 시를 썼어요.

그렇게 온전히 나 자신에게 바쳤던 시절은
이제 다시 오지 않네요.
언제나 또 다른 상황이 펼쳐지니까요.

신앙의 힘

"신앙은 인간이 살아가는 데 필요한 힘입니다. 신앙이 없다는 것은 허탈함을 의미합니다."
윌리엄 제임스의 말이 몹시 공감됩니다. 자신의 한계를 느끼거나 인생의 막다른 골목에 들어선 사람들은 신에게 매달립니다. 이런 말이 있어요.

「1인용 참호에 무신론자는 없다.」

막다른 곳에 이르면 다들 신을 찾더군요.
나는 스물한 살에 영세를 받았어요.
나도 신앙문제로 고민하며 오랜 세월 식구들과,
그리고 나 자신과 싸웠어요. 혼자 지내는 제가
그나마 견디고, 열심히 일하는 이유는
신본주의자이기때문이에요.

가난해도 행복해지는 방법

나는 많이 소유하는 것보다 아주 재밌는 인생을 꾸리고 싶습니다.
완전한 무욕은 아직 힘들지만, 자꾸 비워야 타인에 대한 사랑도 커지고
나란 존재가 물과 같이 됨을 알아요.
가난은 행운이라고 솔즈베리 요한이 말했죠.
가난할 때 참 많은 것을 이룹니다.
잘 안 보이던 것들도 보이고 모든 땅은
하느님이 깃든 영혼의 땅이라는 것을 경험할 수 있죠.
극빈자가 아니라면 부와 가난의 차이는 물질이 아니라
정신의 차이라고 생각해요.
가난으로 고통을 받는다면 마음을 바꿔보죠.
물론 극심한 가난 속에서 멋진 인격을 갖추기는 쉽지 않다고들 합니다.
하지만 혹독한 가난 속에서도 영혼을 잃지 않는 사람도 있습니다.
그것도 마음의 문제니까요. 자발적 가난은 스스로 택한 정신적 삶의 가치
를 중시하며 내가 가진 것을 세상과 나누려는 가난입니다.

극빈자가 아닌 한

고통과 형벌로서의 가난은

세상에 길들여진 사람들이 갖는 개념이에요.

많이 배우고 못 배우고가 절대 아닙니다.

정신적으로 풍요로운 사람이

가장 축복받은 사람이라고 생각해요.

메모라도 꼭 쓰세요

처음엔 서투르고, 하기 귀찮아도 열심히 반복하면
무엇에든 최고가 될 수 있어요. 일기쓰는 습관일랄까.
메모하는 습관으로 자기 삶을
스마트하게 꾸려갈 수 있어요.
일기나 메모로 지나온 삶을 간직하고
되돌아볼 수 있지요. 그러다가 작가도 되고,
인생의 책 한권을 내는 기쁨도 가질 수 있어요.
<찰리와 초콜릿 공장> 세계적 동화작가
영국의 로알드 달(1916~1990)도
내가 좋아하는 도스또옙스키,
파스테르나크도 대단해요.
누구나 글쓰는 습관이 들면 좋겠어요.
당연히 쓰는 것으로 알면 좋겠어요.
고뇌하는 인간의 삶, 공부습관,
자기 관리습관까지의 기본이
글쓰기라고 생각하거든요.

누구나 글쓰는 습관이 들면 좋겠어요

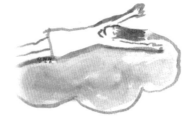

7부

다시 시작할 시간은
남아 있어요

나부터 좋은 사람 되기

때론 지치고 쓸쓸하고 그리움에 수초처럼 흔들려도
잠잠히 나부터 좋은 사람 되기.
나머진 다 신께서 알아서 해주시겠지.
마음을 자꾸 비웁니다.
우리는 하루에도 몇 번씩 천국과 지옥을 오갑니다.
스스로 왕비가 되어 우쭐했다가
서울역 노숙자가 된 듯이 스스로 비참해집니다.
세상 모든 만물과 현상은 고정된 모습이 아니라
마음가짐과 보는 시각에 따라 바뀌어요.
이때 너무 심각하게 생각하지 말라는 거죠.
혹시 습관이 된 건 아닌지 살펴보세요. 뭐라도 드세요.
먹을 때만큼은 깊이 사랑받는 듯이 따스해지니까요.
우리의 인간성은 주는 행동에서 가장 활짝 꽃핀다는
 헨리 나우웬의 말이 떠올라요.
미소, 악수, 키스, 포옹, 사랑의 말, 선물….
방이 몹시 어질러져 있군요.
내가 청소기라도 돌려드릴까요.

내일 일기 예보

이미 1인 가구의 성장, 성인교육시장 커지고 있어요. 이미 비혼주의자가 많아졌고, 아기 울음소리는 더욱 보석처럼 귀해지겠죠. 아기 울 때마다 패트병에 담는 분도 생기면 어쩌죠. 부디 바보라고 놀리진 마세요. 제가 그럴 것 같거든요.

고령자와 1천만명의 반려동물용품 사업이 커지고,

젊은이가 귀해지는 시대. 로봇을 잘 활용하는 콘텐츠.

비행택시의 개발. 와우, 차 막힐 때마다

비행택시를 꿈꿨죠. 요즘 나오는 광고에 나는

비행택시가 10년 내로 사용된다니요.

놀라와요. 진공열차, 첨단 기술 활용 중에

로봇을 잘 활용하는 콘텐츠가 중요하대요.

인구가 줄고, 지방이 없어질 위기가 있다는군요.

우리 철저히 준비해요.

아무 것도 하기 싫은 날은

내일을 준비하는 날예요.

변화 대처 능력이 중요해

순간 순간의 숨결이 느껴져요. 오래전에 "3분력"이란 말이 잠시 떠도네요. 3분력이란 자신의의사를 최대한 간력하고 효과적으로 전달해 상대방을 설득하는 기술입니다. 소비자의 마음을 움직이는 광고도 30초 내외에요. 광고카피도 한 줄을 넘지 않지요. 회사 면접도 3분 이상을 주지 않아요. 사람의 집중력이란 최대 3분을 넘지 않아요.
3분력이란 "자신감의 표현"이며, 빠르고 단순함이 능력입니다. 그래서 무엇을 말하든 빨리, 본론을 먼저 말하는 것이 좋겠죠.

저는 5분 이내에 프레젠테이션을 하도록 훈련하려고 합니다. 끊임없이 자신에게 얼마나 간결해질 수 있을까?를 되물으며 자신과 경쟁하는 거래요. 매번 최선을 다해 문제 핵심에 접근하는 수밖에 없어요.

인기 있는 유투브 크리에이티버

유투브에서도 인기있는 크리에이티버는요
점 정리 잘 해서 명료하게 잘 전하고
빠르게 전달하는 사람이 아닐까요
저는 책을 낸 세월이 길다보니
PPT가 많아요 이미지와 텍스트 콜라보를
어떻게 강렬하고 확실하게
전하느냐가 중요해요
강연할 때도 마찬가지입니다.
어떤 상황에서든 말을 짧게 압축하는 법을
저도 익히려고 합니다.

삶을 가장 많이 느낀 사람

사람은 늙어서도 늘 새로운 것을 배우고 경험하죠.
로마의 시인 호라티우스는 <현재를 즐겨라>라는 시도 썼어요.
괴로운 상황에서도 최상의 것을 만들며
순간을 영원으로 수놓으라는 것이죠.
지금 이 순간의 향기, 소리, 맛을 강렬히 느끼는 것.

"가장 많이 산 사람은 장수한 사람이 아니라
삶을 가장 많이 느낀 사람이다"

루소의 말이 깊이 와닿는군요. 그래요.
지상에 소풍 와서 돌아가는 날,
다 버려도 진정 가졌다는 느낌이 있다면
우리의 온 감각으로 맛본 삶의 느낌뿐이겠지요.

오늘이 내 생에 마지막 날이라면

애플의 최고경영자 스티븐 잡스가 매일 "오늘이 내 생애 마지막 날이라면 나는 어떻게 할 것인가"라고 한 질문을 자신에게 던져보세요. 댄 펜웰의 저서 《죽기 전에 꼭 해야 할 88가지》에서 눈에 띄는 대목을 메모해보았어요.

· 그동안 받은 온갖 축복들의 목록 적기

· 고마운 분들에게 감사의 카드 보내기

· 헌혈

· 악기 하나 배우기

· 자신의 장·단점 나열해 보기

· 날마다 하나씩 진심어린 칭찬하기

· 촛불 밝힌 저녁식사로 배우자 놀라게 하기

· 사랑하는 이와 바닷가 모래사장을 맨발로 걷기

· 삶의 질을 높여줄 새로운 취미 만들기

· 스포츠 경기 관람하기

· 해묵은 원한 풀기

· 화내지 않고 온전히 하루 보내기

· 꿈 같은 휴가계획 세우기

꾸준히

– 딸을 위하여

살아보니 꾸준히, 가 답이었어
꾸준히 수를 놓듯이
꾸준히 어둠속에서 달 뜨듯이
그저 애쓰며 나아가렴
책 안읽고 역사를 모르면 이곳에 있을 이유가 없단다

그것으로 외로움에서 벗어날 수 있단다
괴로움도 동굴탐사같이 흥미로울 거란다
꾸준히, 가 슬픔 속에서 숨을 고르며
너를 빛내려 숨겨둘 거란다
숨쉴 수 없이 초라했던 시간은
네 실력을 키우는 최고의 순간이 될 거야
꾸준히, 가 너를 어디든 데려다 줄 거야
꾸준히, 가 행복한 기억정원을 만들 거야

꾸준히, 가 너를 지식발전소로 만들 거야
지식은 지혜창고가 되어
네 몸이 어두워질 때마다 너를 살릴 거란다

슬퍼하지 마렴
슬프지 않으려 슬플 시간도 많고
꿈꾸다 꿈꾸지 못할 시간도 많으니
지치지 마렴 누구나 지치고 외롭단다
저마다 고독한 시간을 견디고, 꽃피우려 바쁜 거란다.
바쁘지 않으려 바쁘고
배고프지 않으려 배고픈 나날이란다

새로운 사랑꿈은
싸늘한 옛 사랑을 따스히 남겨둘 게야

겨울이 지나면 눈보라는 꽃보라로 바뀌고
겨울 외투 속의 텅 빈 큰 바람은
채워지기보다 빠져나갈 거야
겨울 외투 속에는 다시 시작하는 기운으로
따스한 봄날 봄바람으로 부풀 거란다
내 딸, 내 사랑 힘을 내렴

신현림

향긋한 친밀감을 위하여

기분 좋은 사람과 함께 있으면
물안개 자욱한 강변에 있는 느낌입니다
묘하게 안정되고 평화로운 이 느낌…… 친밀감이겠죠
서로 깊이 알아 가는 시간
서로를 최우선으로 여기는 시간

주는 것이 가장 많이 얻는 거예요
아낌없이 주되, 처음엔 말을 아끼세요
상대방의 말을 열심히 듣고 맞장구도 쳐 주세요
조금씩 자신을 보여 주세요 서두르지 말고
자기 매력을 조금씩, 깊이깊이,
오래된 와인 맛처럼

솔직하되 괜찮은 비밀이란 없으니
쉿! 조용히……
지나치게 떠들면 둔하고 어리석어 보이니까요

상처가 두렵다고요? 보호수만 심다 보면
둘의 관계는 페트병처럼 얄팍하고
또 다른 상처가 기다립니다 대범하게 가세요

제대로 친하려면
성숙하고 좋은 사람이 되는 게 우선이죠
우정과 사랑의 마을엔
고마움, 존경심의 가로수가 춤을 추지요
나무 그늘 아래 함께한
세상 이야기도 붉게 물들게
추억 유리병을 놓아두세요
배려의 긴 의자를 놓는 것 잊지 말고요

의자는 튼튼한 애정의 꽃을 틔울 겁니다
쉽게 지지 않을 푸른 꽃

- 신현림 4시집 「침대를 타고 달렸어」에서 -

다시 시작할 시간은
언제나 남아 있어요

「감사하는 것과 새로운 일을 시작하기 위한 시간은 언제나 남아 있다.」

아, 감사하는 마음을 잊고 지냈어요.

새롭게 다시 시작할게요.

고마워요.

조금 더 쉬세요

그런 후
다시 일어나요
우리는 뭐든 잘 해낼 수 있어요

나를 사랑하는 유식 에세이

아무것도 하기 싫은 날

글·그림 신현림

20만 독자사랑
'많이 힘든 날'
'내 마음 괜찮아'
'내 삶의 빛이
 되었던' 특별함

사과꽃

행복은 밖에 있지 않고, 내 안에 있어요.
당신이 있어 더 행복합니다

아무 것도 하기 싫은 날

특별판 (초판 1판 7쇄)

1판 1쇄 인쇄	2019년 12월 27일
1판 1쇄 발행	2020년 1월 5일
지은이 · 그린이	신현림
펴낸이	신현림
펴낸곳	도서출판 사과꽃
	서울 종로구 옥인길74 (3-31)
이메일	abrosa7@naver.com
YouTube	신현림 TV
facebook	@7abrosa
instagram	hyunrim_poetphotographer
전화	010-7758-4359
팩스	0504-722-4359
등록번호	101-91-32569
등록일	2012년 8월 27일
편집진행	사과꽃
표지 디자인 에디터	신현림
내지 디자인	연선옥
인쇄	신도인쇄사
ISBN	979-11-88956-15-9 (03800)
CIP	2019051275

값 13,800원